KB076220

책읽는 바다

이미지북 시선 003

책 읽는 바다
ⓒ 김종길, 2023

1판 1쇄 인쇄 | 2023년 08월 15일
1판 1쇄 발행 | 2023년 08월 25일

지 은 이 | 김종길
펴 낸 이 | 이영희
펴 낸 곳 | 이미지북
출판등록 | 제324-2016-000030호(1999. 4. 10)
주   소 | 서울특별시 강동구 양재대로122가길 6, 202호
대표전화 | 02-483-7025,   팩시밀리 : 02-483-3213
e-mail | ibook99@naver.com

ISBN 978-89-89224-60-0   03810

책 읽는 바다

김 종 길 시집

이미지북

철저하게 체험하고 사유한 것만 쓰려고
노력했지만 불필요한 설명이 따라붙는다.
나의 부족함 때문이다.

이번 시집은 두 가지 계기가 있었다.
하나는 아마추어 독자 한 분이
"시를 써서 컴퓨터에 쌓아두면 거름이 되느냐"고
농담 섞인 핀잔을 주었기 때문이고,
또 하나는
거제도에 나름 놀이터를 만들고 지낸 지
3년이 되었는데 주변 사람들이나 마을 사람들에게
놀고 먹는다는 인상을 주는 것 같아
글농사라도 짓고 있다는 시늉을 하기 위해서다.

그 동안 SNS를 통하여 나의 시를 읽고 공감해준
아마추어 독자 여러분들에게
고맙다는 말을 전한다.

제2부 | 사색의 즐거움

제3부 I 그리운 관포항

제5부 l 받아쓰기한 세상

제1부

나를 읽히는 시간

책 읽는 바다

여기는 타향 바다 관포리 1-4번지
내 고향은 산마을 광계리 1004번지
그 날도 무료한 바다는
책을 읽고 있었다

길들여진 나를 벗고
떠밀려 온 바닷가
눈을 뜰 힘조차 없이
영혼이 떠다닐 때
당신의 그물에 걸려서
아픈 숨을 놓았다

처음부터 행복하려고
사랑한 건 아니었다
자유로운 지느러미가
행복하였음이 되었다

바다여
길 잃은 나를
읽어줘서 고맙다

바람의 맛

푸른 바람 하나
바다를 건너와
내 어깨를 툭 치고
지나간다

보이지도 않고
형체도 없는 것이
나를 흔들고 간다

온종일 갯바위에
앉아 있어도
잡히지 않는 바람

밀려오는 해무를
한 입 받아 먹는다
무게가 없다

바람의 맛이다

화석이 된 사랑

사랑하리라
사랑하다가 돌이 되고
나무가 되고
수억 년 잊혀졌다가
어느 날 한적한 바닷가에서
당신 앞에 발견되리라

사랑하다가 화석이 되었다고
갯바위에 앉아서
파도를 세고 있었다고
옆 자리엔 아직 피지 않은
진달래 한 가지 놓였다고
봄 바다에 몸을 맡기고
하루 종일 바다에
읽히고 있었다고

그리움이 화석이 되었다고

별 하나

나는 저 하늘에 시를 쓰고
당신은 바닷물로 그림을 그려라

파도는 살이 닳도록 들고 나고
밤을 새워 악보를 그린다

졸음에 겨운 새벽별 하나
달에게 어깨를 내어주고
은하수를 따라 발을 옮긴다

파도

성난 파도가 부서지는 건
갯바위가 있기 때문이다

진짜 큰 바다에서는
그 엉석을 받아주지 않는다
부서질 벽도 없다

선물

정년퇴직 선물로
아버지를 벗고
남편을 벗고
자식을 벗고
나를 벗고
바람이 되었다

질기고 질긴 핏줄
쇠사슬처럼 단단하게 내려온
오래된 유물
무서운 눈길과
압력밥솥 같은
무게를 벗고
바람이 되었다

한 번쯤 받고 싶었던
일생의 선물
거리를 두고 바라보면
눈을 크게 뜨지 않아도 될
바람이 되었다

부부

아내와 함께 강가에 나가서
산책을 한다
강 어귀에 뿌리가 패인 왕버들 두 그루
나목으로 서서
겨울을 통과시키고 있다

잎이 무성했을 때에는
서로 간섭한다고 불평이더니
지난 여름 거센 바람이 불어올 때
서로의 어깨를 내어주고
살아 남았다
잎을 다 떨구고 난 지금
어깨가 많이 상했다
강바람이 시린 어깨를 스친다

곡절없는 인생이
어디 있으랴마는
슬거머니 아내의 작은 어깨를
끌어당긴다

편지

파도는 파랗게 잠자고
호젓한 갯바위에 앉았으니
떠가는 건 다 낙엽이다

조각구름이 떠가고
조각배가 떠가고
가을이 묻은
바람이 지나간다

하릴없이 반가운 건 소식이다
컬러링 소리라도 들어볼까
벽에 걸린 빨간 우편함에
빈 손 넣었다 뺀다

말없이 지켜보던 꿀밤나무
바삐 쓴 편지 한 장
빙그르르 떨군다

국화

돌담에 서릿발 딛고
잠들어 섰구나
머리엔 하얗게 서리를 이고서
놓아버리면 쉬울 것을
계절을 붙들고 섰구나

가장 늦게까지 피어 있는 꽃
마를 순 있어도 시들지 않는 꽃
너의 두 볼을 감싸안으며
입김을 불어 넣는다

서리를 맞은 국화처럼
계절을 잊고 살아온
어머니 같은 꽃이여

여행 스케치
―미술수업

강의실 창문 너머 풍경 한 점
스마트폰으로 구도를 잡는다
수채화처럼 단풍물이 번져갈 때에는
마음이 넉넉했는데
낙엽이 떨어지고
잉크같은 하늘도 색이 바랜 지금
훤히 드러난 벚나무길은
언덕 위로 올라가
강의실 뒤편으로 숨어들었다

낙엽은 떨어지고 말면
그 뿐이지만
떠나보낼 사람도 없는데
붙잡고 싶은 사람처럼
황량한 가지 끝에
단풍잎 몇 장 달고 있다

된장

친구의 택배 문자
된장 한 통 부쳤다고
우체국에 가고 싶더라는
너스레는 덤이었다

퇴직 후 거제살이
바람에 밥 말아먹고
구름 한 스푼에
먹바다로 간 맞추고
막된장 친구의 맛에
길들여져 살았다

냉장고 문을 여니
물러앉은 어머니
갑자기 온 몸에
소름이 돋는다
콩된장 어머니의 맛
그 냄새가 짠하다

바람

바람아 니가 다 말해 버렸느냐
하늘과 닿았다고
바다가 속삭인 것을

바람아 니가 다 만들어 놓았느냐
하늘로 오르는 길을
나도 한 번 데려가 다오

부부 섬

물이 들면
섬과 섬이 떨어져
둘이 되고

물이 나면
서로 붙어
하나가 된다

물밑으로는 항상
끌어 당기고 있다

붓을 씻으며

마른 붓을 담그니
붓털이 살아난다

먹물을 찍는 순간
창 끝처럼 빳빳하다

단단한 붓을 씻으며
내 맘 도로 놓는다

몽돌

바닷가에는 모난 돌이 없다
서로 부대끼고 부대껴서
모두 몽글몽글하게 되었다
몽돌은 상처난 곳이 없다
처음부터 상처가 없었던 것은 아니다
구르고 굴러서 상처가 아물고
파도가 어루만졌다
이제는 부대껴도 상처가 생기지 않는다

모난 돌은 소리를 낼 수는 있지만
음악이 되지는 못한다
사람의 소리도
어떤 때는 말이 되고
어떤 때는 소리가 되고
어떤 때는 욕이 된다
몽돌은 부대낄수록
음악 소리를 낸다

모란

돌담 아래
후두둑
모란이 지고 있다

사용 설명서도 없는 인생
모진 세월 헌 밥통

새 밥통
받아 놓고선
며느라기 기다린다

떡돌

스무 살 고모 시집가던 날
사랑채 아재는 떡을 쳤다

떡메를 들어올려
팔뚝에 힘줄이 서도록
떡을 쳤다

울분인지 기쁨인지
온 마당에 떡 부스러기가
튕겨 나갔다

떡돌에 고인 물 속으로
보름달 하나 떠간다

제2부

사색의 즐거움

라일락꽃 향기를 찾아서

사월은 라일락이다
사랑이 들락말락하는
연보라색이다

하숙집 화단에 라일락꽃 향기가 가득하고
밑둥이 튼튼한 라일락 어깨에
빨랫줄이 매이면
주인집 여학생의 하얀 교복이 널렸다
라일락 그늘 아래 앉아서
단어책을 넘길 때마다
향기가 한 장씩 넘어갔다

라일락꽃 향기는 짙고 달콤하지만
꽃잎은 엄청 쓰다는 그녀의 말이
아직도 입가에 묻어난다
사월이면 그 오래된 맛을 찾아서
봄을 타고 떠난다

시간의 꽃

당신은 시간의 꽃
산을 올라도
바닷가에 앉았어도
밥을 먹을 때나
여행을 할 때에도
해가 뜨고
밤이 찾아와도
언제나 어디서나 따라와
피어나는 꽃
당신은 나의 지배자
시간의 꽃입니다

고독

세상에서 가장 사치스러운 것
고독

아무리 쓴 것도
아무리 달콤한 것도
고독 만한 것은 없다

힘들면
고독 뒤에 숨어라

보고 싶은 사람

아무리 보고 싶은
사람이 있어도
나 만큼
보고 싶지는 않았다
나는 어디로 갔는가

꿈

아타토커피를 내리는 순간
온몸에 온기가 퍼진다
책 한 권 겨드랑이에 끼고
잔교를 걸어서 닭섬으로 나간다
작은 물고기가 올라와
한껏 숨을 마시고 내려간다

아직 조금 남은 산벚꽃 아래
자리를 잡고 엉덩이를 붙인다
바닷 내음은 물 밑으로 숨었고
햇볕으로 발라놓은 수면 위로
보석을 뿌려놓은 듯
눈시울이 가렵다
멀리서 달려온 푸른 바람이
얼굴을 만지고 지나간다
커피 한 모금이 목구멍을 내려가자
스르르 졸음이 밀려온다
쓰레기 몇 닢 주워 모은
마대자루를 베개삼아
갯바위에 기대어 눈을 감는다

이건 꿈이다
영원히 깨고 싶지 않은
꿈이면 좋겠다

가짜 봄

바람이 분다
벚꽃잎이 떨어져
아스팔트 위를 구르다가
은비늘처럼 튀다가
바닥에 달라붙는다

비가 내린다
한바탕 꽃멀미를 하고 난 후
사람들은 집으로 돌아갔고
떨어진 말들이 수군수군
빗물에 씻겨
어디론가 떠내려간다

꽃이 피기도 전에
질 것을 염려하더니
꽃이 피어도
꽃이 져도
아프지 않는 건
가짜 봄이다

낙엽을 밟으며

푸석푸석 마른 낙엽 위로
늦가을 비가 내린다
메마른 대지를 적시고
퍽퍽한 가슴에도
더운 피가 돌고 나간다
비를 맞은 낙엽들이
저마다의 색깔을 드러내며
한 마디씩 하고 선 수그러든다

떨어지는 건 축복이다
낙엽이 떨어지고
빗방울이 떨어지고
못다한 말들은 썩어 거름이 되어서
떨어진 씨앗을 틔울 것이다

먼 훗날 낙엽을 밟으면서
푸석푸석 가을비가 내리고
비 맞은 낙엽처럼
빛바랜 사진 한 장 되살아난다면
그건 떨어지는 것들의 축복이다

낙엽 편지

벤치에 낙엽 한 장 내려와
나란히 앉습니다
무슨 할 말이 있나 봅니다

젊고 푸르름이 무성했을 때에는
미처 몰랐습니다
사랑은 언제든지 오는 줄 알았거든요
사랑을 하는 것은 자유이지만
사랑한다고 말해 본 적은 없거든요
간혹 말로 하는 것보다
글로 하는 것이 더 나을 때가 있어요
아직 떠나보내진 않았지만
가을이 가고 있습니다

늦었지만 사랑합니다

봄이 오는 길목에서

오거든 이 길 밖에

가거든 이 길 밖에

이 길목에 서서
사랑 한 점 없다면
기다린 봄 쓸쓸하겠네

시간 벌레

나는 시간을 잡아먹고 사는
한 마리 거대한 벌레다
청소를 잡아먹고
독서를 잡아먹고
그러다가 입맛이 떨어지면
산책을 잡아먹고
때로는 친구를 잡아먹는다
아무래도 가장 맛있는 건 여행이다
여행을 잡아먹을 때에는
친구를 함께 잡아먹는 것이 좋고
아예 3박4일 동안 푹 고아서
국물까지 빼먹고
책을 한두 번 곁들이면
더욱 맛이 난다

가끔씩 바다가 심심해질까 봐
걱정이 되어서
진짜 시간을 잡아 먹는다
맛도 없다

이별하는 봄

복사꽃 떨어지니
낙숫물 떨어지고

헐빈한 꽃가지를
바람이 흔들고 간다

손 잡아줄 친구
멀리 있으니
놓인 술잔 잡는다

가을

가을은 거짓말이다

봄을 잡아먹고
여름을 잡아먹고
온갖 말들이 나뒹군다

봄을 잊고
여름을 잊고
배신의 계절이다

단풍물이
뚝뚝 떨어지는
거짓말 자판기다

낙엽비

낙엽비가 내린다
온갖 말들이 떨어진다

아침 산책길에서
행복 사랑 가족 건강 친구 이런
말들을 떠올리다가
낙엽이 다 떨어지기 전에 얼른
'아내'라는 단어를 받쳐들었다

아내는 언어의 어머니 같다

오월의 신부

먼 옛날 결혼기념일 날
퇴근길 꽃집 앞을 서성이다가
주머니에 빈손 넣었다 빼고선
하늘에 박힌 별들이
너무 멀리 있다는 것이
늘 원망스러웠다

우체국 화단에 핀
장미꽃 몇 송이를 꺾어다가
곤히 잠든 아내를 발견하고
빈약한 식탁 위에 올려놓고 잤다거나
읍사무소 앞을 지나다가 뜯어온
이름도 모를 조경용 꽃이 시든 채로
유리컵에 담겨져 있기가 일쑤였다

식탁이 조금 풍성해지고
어느 날 피사의 사탑을 찾아가서
위태롭게 서 있지만 넘어지지는 않는다는
믿음을 갖게 되었다
그 후로는 저 너머 행복이

큰 파도처럼 넘실거린다 해도
조금 천천히 와도 괜찮다는 것에 무던해지면서
오늘 장미꽃 한 짐을 지다가 바친다
당신은 오늘도 폭풍처럼 달려오는
오월의 신부입니다

독서

시 한 줄에 해초 냄새

시 한 줄에 파도 소리

시 한 줄에

넣고 싶은 당신

믹스커피

가을비가 창문을 때리는 날에는
믹스커피가 땡긴다
커피는 친구를 불러 모으고
비는 추억을 불러 온다

비를 맞은 채
벽에 매달린 빨간 공중전화
허기진 전화통 뱃속으로
10원짜리 동전을 쉴새 없이
밀어넣고 있는 사내
끊어질 듯 타고 오는 전파에
온몸은 감전되고 만다

연탄을 갈고 있었다는 그 한 마디
영원히 지워지지 않는 그 언어를
첫사랑이라 읽는다

지심도

봄빛 짙은 물방울 하나
꽃잎에 미끄러져
떨어질 사랑처럼
애타게 매달린다
줄 사랑
아직 남았는데
바닥에 핀 심장들

한 번의 사랑으로
평생을 기다리며
원망 한 번 안했다면
그것도 빈말이고
내 심장
뜨겁게 달군
동백 하트 그 사람

제3부

그리운 관포항

관포항

먼 바다 동쪽 끝에서 태양이 솟고
귓볼이 빨개진 닭섬이
수평선을 잡아당겼다가 놓으면
물 위에는 바람이 일고 소리가 깨어나고
물 밑에는 핏톨이 돌아
힘차게 지느러미를 세운다
붉은 여운이 스러지고
물결에 미끄러진 햇살이
방파제를 넘어 쑥바위 언덕에 다다르면
세수를 채 끝내지 않은 고깃배 하나가
배고픈 아기처럼 젖가슴을 파고들 듯
깃발을 파닥이며 포구로 들어온다

젊은 날 한없이 바다를 달려나갔다가
너무 깊은 해원을 만나고
덜컥 겁이 나서 되돌아올 때에도
바다는 내 삶이 있는 곳까지 운반하여 왔다
세상은 달리는 만큼 넓어지지만
포구는 그 만큼 멀어진다
마을을 지키고 선 오래된 포구나무는

굴곡진 가지만큼이나 전설을 매달고서
해맑은 웃음들을 둘러앉히고
해풍에 쓸려간 이야기를 가물가물 풀어내고 있다
웃음소리들도 따라서 까마득한 기억을 더듬다가
저도 모르게 마른 눈물을 훔치고 일어나서
하나 둘 유모차를 앞세우고 집으로 돌아간다

어느새 바다도 눈시울이 붉어져서
읽던 책을 덮고 가로등에 불을 밝힌다
달빛은 포구에 가득 차고
물고기는 뛰어올라 은빛 배를 번득인다
달빛이 너무 밝으면 별들이 주눅들고
빛은 항상 어둠을 품고 산다는 것을
저 닭섬은 알고 있다
꿈은 또 닭섬 너머로 날아오르고
저 멀리 집어등 한 척 밤을 새워 시를 쓴다

겨울 관포항

겨울의 한가운데 해녀 두 사람
가마우지처럼 물질을 하고 있다

가뭄 끝에 겨울비가 내리고
차가운 유리창을 타고 내리는 빗방울이
등골을 서늘하게 한다

그냥 눈이었으면 좋겠다고 생각하고
우산을 받쳐들고 밖으로 나간다

포구를 돌아 위판장에서는
알아듣도 못할 경매사의 몸짓과
갓 잡아올린 겨울을 털어내는
손놀림이 바쁘게 돌아가고 있다

반나절이 지났는데도 여전히
물질하는 사람들은
겨울의 깊이를 재고 있다

나는 언제 한 번

나의 깊이를 재어 보았는지
기억이 나질 않는다

내 인생의 깊이를

개복숭

어젯밤 새파람에
눈 딱 감은 개복숭

누군가 단물을 빨아먹고
던져진 생이다

아무도 보아주지 않아도
그늘진 바위틈에 뿌리를 박고
숨을 고르고 있다

무인도

너 자꾸

대답없으면

무인도로

만들어버릴 거야

섬 찔레꽃

한 뼘 한 뼘
어린 찔레순 한 줄기
초록 머리에 하얀 꽃댕기 늘이고
말갛게 세수한 얼굴로
어딜 마실 가시는가

어제도 한 뼘
오늘도 한 뼘
묻었던 아픔들은 작은 가시로 돋아나고
젊었을 적 꿈들은 향기로 피어나네
사랑 한 점 없는 바다
누굴 마중 가시는가

찔레야 너는 좋겠다
무거워서
바람도 버리고
이름도 버리고
무얼 찾아 가시는가

쑥바위 언덕

관포항 닭섬 앞에 길게 누운 쑥바위 언덕
등을 폈다 구부렸다 온종일 해를 업고
닭섬이 배고파지면 위태로울 애벌레

눈부시게 푸른 너는 나비냐 나방이냐
세상을 돌고 돌아 또다시 번데기로
물에 뜬 제 모습처럼 구불렁 가는구나

긴 고독 자맥질 끝에 타고넘는 숨비소리
목말라 까마득한 해원으로 키를 잡고
파도가 자갈을 굴리듯 소리하며 가는구나

침묵의 바다

복어야
가진 것 다 태우고 가자

잉크 같은 바다에
먹물 같은 침묵을

복어야
순간이구나
펼쳐놓고 그려넣자

겨울 관포항 2

겨울 볕을 털고
일어서는 순간

탱탱한 동백가지 한 주지
등을 툭 치며 말을 건낸다

봄을 기다리는 건지
꽃을 기다리는 건지

마음 들키고 쑥스러워
바다로 눈을 던진다

봄은 그립고
꽃은 슬퍼라

겨울이 깊으면
기다림도 깊어라

물고기의 말

눈이 왼쪽에 붙어 있으면 광어
눈이 오른쪽에 붙어 있으면 도다리
왼쪽에 붙었건
오른쪽에 붙었건
헤엄은 똑바로 친다
물고기들이 튀어나온 눈으로
나를 빤히 쳐다보며
한 마디씩 쏘아붙인다

너는 눈이 두 개인 데도
왜 한쪽만 자꾸 보냐고
전라도 물고기든
경상도 물고기든
입은 삐뚤어져도 말은 바로 하고
눈이 하나밖에 없어도 앞을 잘 보는데
너는 어째서 두 눈을 가지고도
한쪽으로만 가느냐

사치스런 아침

아침에 닭섬을 산책하다가
아카시아 꽃나무 아래서
시를 읽는다

코끝을 찌르고
스쳐가는 사치

책장을 넘길 때마다
꽃향기가 풀풀 날린다

섬 뿌리에 밀려와서
부딪는 파도

물결이 일렁일 때마다
맑게 세수한
얼굴 하나 나타난다

어느덧, 저녁

소리없는 낙엽이 밟힌다
이 언덕길은 수시로 산책을 하면서
오르고 내리던 길이다
산벚나무가 띄엄띄엄 서 있는
오솔길을 따라 올라가면
작은 고갯마루가 나오고
올라온 길이 구불구불 보이고
내려갈 길도 나무들 사이로 보인다

많은 길을 가고 싶었지만
한 길 밖에는 갈 수가 없었고
언제부턴가 갈 수 없는 길도
점점 생겨나기 시작했다
뜀박질이 끝난 지 오래 되었고
머지않아 끝나는 길이 많아지고
지리산도 끝나고
사랑도 끝나고
우정도 가뭇해질 것이다

계절은 번갈아 피고 지지만

나의 길은 앞으로만 나 있는 길
어느덧, 저녁이 오고
침묵의 바다에 노을이 뻗친다
벚꽃은 또 필 터이고
꽃잎은 흩날리고

위판장에서 생긴 일

포로가 된 물고기들이
위판대 앞에서 값을 기다리고 있다
어느 바다에서 헤엄쳐 다니다가
인간 세상에 잡혀 와서
생의 무게를 달고 있다
잘난 놈 못난 놈
눈알이 튀어나온 놈 할 것 없이
경매사의 알아듣지도 못할
인간의 말을 듣는 순간
생의 값어치가 결정될 것이다

몸집이 큰 대구 한 마리
분을 참지 못한다는 듯
꼬리를 치며 펄떡인다
인간사를 원망이라도 하듯
눈에 핏발을 세우고 노려보며
마지막 일성을 가한다
내 생의 값은 얼마인가
나의 살을 뜯어먹고
구워서 뼈를 발라먹고

대가리는 맛나게 끓여먹겠지
당신도 세상을 헤엄치다가
큰 기계에 선별되어 값이 매겨져서
여기에 서 있는 거라고!

오미희 같은

나는 배우 오미희가 좋다
포근한 목소리에
환하게 웃는 얼굴
오른쪽 입가에 점 하나 찍힌 여자

한적한 바닷가에 점 하나 찍힌 마을
바다를 캐고
바다를 뜯고
바다를 끌고오는 관포항 사람들
자고나면 포근한 파돗소리가 그득
매일 매일 머리맡에서
시를 읽어주는
오미희 같은

태풍이 지나간 아침

기다리지 않는 사람에게
아침은 오지 않는다
그냥 오늘일 뿐이다

아침은 매일 오는 거지만
항상 찬란한 아침이
오는 건 아니다

섬 찔레꽃 2

하얀 적삼 저고리 벗어놓고
섬 마실 나가시나
갯바위를 기는 네 모습이
어쩌면 그렇게 작년의
내 모습과 똑 같은지

허공에 팔을 뻗어봤지만
잡히는 건 바람 한 줌
물을 구하러 뿌리를 박은 곳이
하필이면 갯바위 틈새라니
그래도 다행인 것은
풍파에 씻기어도
환하게 웃는 얼굴

고향의 찔레꽃이나
섬 찔레꽃이나
딱 내 맘인 것은
아무리 다투어 피어도
제일 예쁜 꽃이 없다는 것

개복숭 나무

작년 가을에
잎이 추하고 못생겼다고
밑둥에 톱을 갖다댔다가
소스라치게 놀라고
그 자리에 주저앉고 말았다

오늘에야 비로소
서로의 속마음을 내보인다
너의 속은 한겨울에도
빨갛게 타고 있었구나
군말 없이 다시 핀 개복숭아꽃
고맙다는 말도 못하고
부끄런 두 손으로
봄을 감싼다

바람이 길을 물을 때

별의 길

밤바다에 씻긴 달빛이
창을 가득 채우며 들어온다
뒤따라 온 별빛 하나가 지친 듯
창가에 몸을 기댄다
얼마나 멀리 달려왔는지
빛이 바래고 여렸다

빛은 어디서 오는 것인지
벽이 없으면 볼 수도 없고
가둘 수도 없고
되돌아 갈 수도 없다
창문에 부딪힌 별빛이
깊은 고독의 파편처럼
방바닥에 흩어진다

별빛은 다른 불빛과 섞이지 않는다
방바닥에 달빛이 깔리고
활자가 돋아나기 시작한다
파편들이 일어서며
다시 부서질 벽을 찾는다

가서 닿을 때까지
저만의 길을 갈 것이다
나는 이 그림을 오래도록
나의 창가에 걸어놓아야겠다

3초

방바닥에 거미 한 마리 기어간다
얄밉게도
가다가 돌아보고
가다가 돌아보고
입적하고 싶은 것인지

딱 3초만 눈을 감는다
바닷물이 뒤집어지든
밤하늘에 별들이 다 쏟아지든
낚시꾼이 싸놓고 간 똥을
언제 치워야 할 것인지
우크라이나에 평화는 오는 것인지
어딘가 사랑은 남아 있는 것인지
이 험난하고 고된 길을
계속 가야 할 것인지
매우 힘들고 외로운 시간이 흐른다

혼절할 지경에 이르러
다시 눈을 떳을 때
거미는 보이지 않았다

그 고뇌의 시간을
저는 아는지 모르는지
모든 미워하는 것들을 놓아주어야겠다
여행가방만 무거울 뿐이다

빨래

길을 가다가
주인도 없는 마당에서
하얀 빨래가 펄럭인다

빨래를 걷어서
조용히 마루에 올려놓고
가던 길을 간다

이내 소나기가 내린다

아내

아내가 난초잎을 들어올려
물을 준다

아내의 어깨가
꺾인 이파리 같다

여름이 다 가고 나서야
부채 그림을 그린다

걸레를 헹구는 시간

어머니 걸레질은 나앉으며 닦는다
걸레로 한 번 닦고
치마로 한 번 닦고
물러날 때 흔적을 남기면 두 벌 일이다

걸레는 깨끗해야 닦을 수 있는 법
어머니는 씻기고 씻기어
때가 묻지 않는다

걸레를 헹구는 시간
순수로 돌아간다

결혼 사용 설명서

밥솥 먼저 들어가고
밥솥 따라 이사 가고
살다 보면 고장도 나고
이빨도 빠지는 것
전기가 붙었다 떨어졌다
결혼은 그런 것이다

요즘 밥솥은 똑똑해서
말도 하고 투정도 부린다
버튼을 잘못 누르면
짜증내고 다시 시키고

A/S도 안되고
반품도 안 되는 것
내가 먼저 읽어주면
뒤탈 없는 사용 설명서
결혼은 그런 것이다

구름 풍선

구름을 끈으로 묶어 풍선으로 띄웁니다
당겼다가
풀었다가
끈을 타고 내려온 무게가
온몸으로 전해집니다
그대가 아플 때는 팽팽하게 당기고
그대가 여행을 떠날 때는 더 높이 풀어줍니다
멀리 떨어져 있어도
구름을 볼 수 있도록
그렇지만 너무 멀리 가지는 마세요
끈이 끊어질지도 모르니까요

국화 2

지난 여름 죽을 거라던
모지랑 국화 한 그루
베란다 구석 화분에 담겨
마지막 팔을 뻗다가
죽은 줄만 알았구나
눈길 한 번
손길 한 번
주지 못했는데
모질게 살아 남았구나
이제 가을이 올 테면
그냥 지나 보내고
아무도 피지 않는
입동 근처에서
홀로 꿋꿋한 황국으로 피어나거라
내 미리 눈물 자아내며
너의 발등을 감싼다

도서관 매미 떼

연암도서관 매미 떼들 찢어져라 울어댄다
책 속의 깊이를 재는 건지
내 인내심을 시험하는 건지
떼거리로 몰려와서
다들 짝을 짓자고
웃통 벗고 설친다

새우깡

옛날에 새우깡 먹다가
짭조름한 가루가 입술에 묻어서
혀를 낼름거리던 모습 기억나지
또 하나씩 집어 먹다가
두 개씩 먹다가
세 개씩 먹다가
성에 안차서
한꺼번에 뭉쳐서
입속으로 욱여넣던 모습 기억나지

조금 전에 앞집 어르신이
새우깡 한 봉지를 주는데
하나씩 먹다가
나도 모르게 한꺼번에
입속으로 욱여넣고 있네
맛이 안 변한 것인지
내 성질이 안 변한 것인지

길

살다가 막히면 길을 걸어라

길을 잃었을 때에도

주저없이 길을 걸어라

걷다가 보면 어느새

새 길을 걷고 있다

깨꽃이 필 무렵

담장 위에 엎어놓은
기와 구멍 사이로
깨꽃이 하얗게 피었고
어머니는 대청마루에 앉아서
깨꽃이 피어나는 소식을 엿듣고 있다
매년 이맘때면
마른 눈물 한번
지으시고 지나간다
깨꽃이 피기 전에 밭을 매 놓으신다

꽃이 지는 것도 서러운데
꽃 꼬투리 하나라도 떨어질새라
아기 보듬 듯 가슴을 들고 사신다
자나 깨나 자식농사 지으시느라
어머니 머리 위에도
하얀 깨꽃이 피었다
달밤에 소금을 뿌려놓은 듯
환하게 피었다

올해는 나도 마른 눈물이 난다

인생 사용 설명서

나에게 인생 사용 설명서가 있다면
얼마나 좋을까
깨지지 않고
망가지지 않고
오래도록 사용하면 얼마나 좋겠는가
내가 살아가는 동안
고장나지 않고 사용할 수 있다면
얼마나 좋겠는가
길을 잘 못 들었을 때나
스위치를 잘 못 눌렀을 때에도
다시 되돌아갈 수 있다면
얼마나 좋겠는가

그러나 인생은 한 길 뿐
되돌아갈 수 없는 여정
고장나고 부서지더라도
그곳에는 A/S도 없고
반품도 없고
설명서도 없다
다만 여러 갈래의 길을 맞닥뜨릴 때마다

어느 한 길을 선택하여 왔고
앞으로 남은 길도
무수한 선택을 반복하면서
살아갈 일이다

행복

행복의 8할은 부부이다
부부의 8할은 사랑이다
불행의 8할도 부부이다

딱지

어디 그만한 일로 돌아섰겠나

가슴을 베인 상처
켜켜이 쌓여서 딱지가
떨어지고
떨어지고

이제는 그 아픔이
살이 되어버린 게지

의자

오늘 큰 맘 먹고 의자 다리 네 개를 잘랐다
친구의 말대로 키가 작아서라는 말에
자존심이 약간 상하기도 했고
왜 의자의 높이는 모두 똑같은지
원망스럽기도 했지만 3cm씩 잘라냈다
이대로 가다가는
내 키가 더 자랄 것도 아닌데
허리에 무리가 가서
병이 생길 것 같아서다

내가 맛 있는 음식을 먹을 때나
커피와 바다와 개폼을 잡을 때에도
만만한 엉덩이로 깔아뭉개고
너에게 의탁하여 왔다
무겁고 땀내 나는 내 삶을 앉히고
여기까지 지탱하여 왔다

의자는 다음 사람을 위하여
비워주어야 하지만
이 의자는 나만 사용하는 것이어서 다행이다

또 다리를 네 개나 잘라냈는데도
어떻게
하나도 끄떡거리는 것이 없는지
정말로 고맙다

달항아리

너의 과거는 흙이었다

밟히고
이겨지고
1300도의 불가마를
건너온 생이다

흰 앞치마 두른 어머니
배부른 쌀밥
한 그릇 푸신다

받아쓰기한 세상

붓 한 자루

붓 한 자루
길을 가다 말고 묵상중이다
길을 잃은 것인지
지나온 길을 되새김질하는 것인지
태어나 한 점을 찍으면서
생이 시작되었고
지금까지 끊어지지 않고
선을 그어 왔다

어느 겨울이었다
마스크 너머로 해가 뜨고
마스크 너머로 해가 졌다
어제의 것들은
마스크 뒤로 숨어버렸고
길고도 끝 모를 터널이 이어졌다
서툰 붓질로 황칠이 되지 않도록
붓이 마르지 않도록
노력했을 뿐이다
아직도 남은 여백이 있는지
바다를 응시하고 섰다

잔잔한 바다에 오리 한 마리
길을 내며 나아간다
오늘은 뭘 해도 좋은 날
갇혔던 공기가 팽창하며 달아난다
다시 바닷물에 붓을 찍어
선을 긋는다

뻐꾸기

저 놈의 뻐꾸기
밤도 없이
낮도 없이
뒷산에서 울어댄다

전세금을 떼여봤나
사교육을 시켜봤나
자석 군대를 보내봤나
니가 와 우노

남의 둥지에 알을 낳고
남의 새끼 밀어내고
우는 것이냐
노는 것이냐
니가 와 해작질이고

오목눈이 타는 속을
니 속이 우쨌다고
니가 와 우노

아버지

세상에
아버지가
무슨 잘못이 있길래
자꾸 어머니 생각만 나노

언제 한 번
울어봤는지
기억도 안난다

장마

강물이 뒤집어지니
비린내가 진동을 한다
두물머리가 뒤집어지고
낙동강이 뒤집어진다
불은 살라버리면 그만이지만
물은 다 가라앉을 때까지
비린내가 난다
불은 막을 수가 있지만
물은 막을 수가 없다
사람들은 모여서 물구경을 하다가
편을 갈라서 제각기
자기의 구린내를 한 마디씩
뱉어놓고 돌아간다

강물은 가장 낮을 때까지 흘러가지만
뒤로 흐르지는 않는다
비린내를 털어낸 사람들이
유유히 강물과 함께 흘러가고 있다
하늘은 구들장처럼 내려앉았고
비린내는 진동을 하지만

장마는 끝날 것이다
성난 강물이 가라앉을 때까지
기다릴 것이다

가을 벗꽃

태풍이 지나간 길
혼절한 벚꽃나무
무심한 사람들은
꽃 핀 속을 모른다
목구멍 눌러 참다가
몰래 토한 울음을

바람 한 번 맞았다고
철 모르고 피었겠나
엎친 데 덮친 격에
코로나는 무슨 광풍
웃음도 마스크 씌우고
단톡방에 올린다

심장이 뛰었으니
사랑도 했으련만
시대를 내친 걸음
다 벗어 던지고
말 먼지 털어 내면서
꽃잎 훌훌 뿌린다

오월도 가는구나

봄꽃은 지기 싫어 오월과 싸웠고
그런 줄만 알았던
그런 줄 알면서도
멀찍이 주먹만 쥐고 오월을 보낸다

첫사랑도 오월이요
결혼기념일도 다 오월
장미에겐 붉은 오월
찔레에겐 하얀 오월
오늘은 마지막 봄날
오월도 가는구나

이젠 그만 잊자고 몸서리치는 사람도
좀 더 기억하자며 붙잡는 사람도
야속한 푸르름이여
쉽게 덮고 가는구나

이발소 가는 날

삼거리 이발소에 소문들이 모여든다
이발사 가위질 소리
한 생의 마에스트로
오늘은 베어넣은 시간
이발소 가는 날

제 아무리 부자라도 바짓가랭이는 두 개요
세상천지 배운 사람도 제 머리는 못 깎는 법
와자지껄 소문들이
뉴스 세평을 하고 있다

이발은 머릿속을 말끔히 비워준다
면도는 내 심장을 쫄깃하게 만들고
면도날 밀리는 소리
뱀처럼 차갑게 지나간다

희끗한 머리칼이 한 달씩 잘려나갈 때
푸석한 나의 생도 한 발씩 줄어든다
까끌한 하루를 털어내며
이발소 싸인볼이 돌아간다

새벽을 여는 사람들

10원짜리가 계량단위인 폐지 줍는 할머니
허천한 내리막길 밥 한 그릇 밀고 간다
이놈아, 보지만 말고 리어카 좀 땡겨!

화장실이 쉼터인 환경미화원 아주머니
내 소원은 마음 놓고 푹 한번 울어보는 것
이놈아, 가을이 와도 땅은 밟아야 살제!

고구마꽃

슬픔인지 기쁨인지
고구마꽃이 피었다
우리 어머니
호미질을 하시다가
그림자 하나 벗어 놓고 일어나신다

물 한 그릇 고구마 한 대접
한 이불 밑에 4남매를 뉘고
문 구멍 사이로 밖을 내다보신다
하얀 눈발이 날리고
달빛이 파랗게 내려앉았는데
오늘도 가장의 퇴근은 늦는 모양이다

창호지 구멍은 점점 커지고
자전거 바퀴가 푹푹 빠지는
눈길을 끌면서
어디쯤 넘어 오시겠지

주렁주렁 달고 올라오는 고구마 뿌리
눈물을 닦아주던 남편의 손 같고

더듬더듬 따라온 세월 같아
눈물짓다 웃음 짓다
고구마꽃처럼 환하게 웃으신다

여왕의 장례식

영국 웨스트민스터에서 세기의
장례식이 열리고 있다
세계 정상들과 세계인이 지켜보는 가운데
장엄하게 열리고 있다
다들 크게 슬퍼 보이지는 않는다
여왕은 죽어서도 세계를 제패했다

장자는 2,300년 전 죽으면서
그의 주검은 짐승들의 밥이 되고
벌레들의 밥이 되고
풀과 나무의 자양분이 되었다
'이름 석 자를 남기기 위해
딱딱한 돌을 파지 말라'는 기억이 있다

잘가요 여왕

하늘에서 온 카톡

잘 있느냐 할애비다
바쁘면 제사는 안 지내도 된다
제삿밥 그거 다 너그들이 먹는 거다
모였으니 먹을 것은 있어야제
그것도 귀찮으면 단톡방으로 하거라
나는 보지도 않아

할아버지와 소꼴 뜯으러 봄날에
십 리 밖까지 갔다가
돌아올 때 시락뿌리처럼 늘어졌다
할아버지는 내 꼴망태를 한 줌씩 들어내다가
나중에는 아홉 살 망태기까지 짊어지고 오셨다
그날 저녁 너무 되서 밥도 안 먹고 잤는데
할아버지는 어떠셨어요

카톡이라도 좀 보셔요
눈물나게

하루살이

생일이 한 번뿐인 하루살이
맑은 날 태어난 하루살이
궂은 날 태어난 하루살이
시골에서 태어난 하루살이
서울에서 태어난 하루살이

이들이 저승에 가서 하는 말

생은
꽃이 피고 햇볕이 쨍쨍한 봄날 같은 것이라고
 거짓말, 한평생 씨끌 밑에서 비만 피하다가 왔노
라고
 초가지붕 위로 둥그런 달이 떠오르고 가슴 벅찬
것이라고
 거짓말, 별이 있기나 한 거냐고

황포 노을길

사랑하고도 남을 바다에
하늘이 내려앉습니다

사랑하고도 남을 수평선에
노을이 붓질을 합니다

사랑하고도 남을 가슴에
바람이 비질을 하고 갑니다

별 거 있는 인생

쓰레기 분리수거를 하고 산책을 나간다
늙은 벚나무 가로수길을 걷다가
붕어빵을 만났다
머리를 잡았다가 꼬리를 잡았다가
옆에서 지켜보던 허기진 우체통이
얼른 한 입 베어문다

신호대 앞에서 건널목을 건너는데
모든 차들이 멈춰섰다
누구는 파란불
누구는 빨간불
이것이 인생이다

삼거리 이발관 옆을 지나다가
복권 두 장을 샀다
오래전 선배 한 분이
복권을 사지도 않으면서
복을 기다린다는 핀잔이 떠올랐다

얼어붙은 금호지를 센 걸음으로 걷고 있는데

지나간 사람의 부르는 소리에
뒤돌아보니 옛 직장 동료였다
반갑게 악수하는 손아귀에
아직도 따뜻한 정이 남아 있었다
다시 센 걸음으로 걸어서
바람 한 입 물고 돌아온다

이것이 별 거 없는 인생인가
그 뒤로 별 거 있는 인생이
두어 번 궁금해졌다

화엄사 홍매화

홍매화 보러 화엄사에 갔다가
아직 잔설이 남아 있어
애닯은 그 자태 못 보고
각황전에 엎드려
억지로 다섯 번 절했다

성급한 마음
지켜보던 부처님이
손가락을 폈다가
다시 짚으며
빙그레 웃으신다
쉬운 말로 다시 짚으며
웃으신다

산문을 내려오는 길에
풍경처럼 뎅그렁 뎅그렁
물 트는 소리 들린다

본질주의

개를 몰고 가면 개를 쳐다본다
그림을 그리면 그림을 쳐다본다
시를 쓰면 마음을 보고
강도짓을 하면
사람을 쳐다본다

책 읽는 바다,
시를 읽어주는 김종길의 시 텍스트

오종문_ 시인

1.

거제 관포항에 한 시인이 있다. 2001년 〈경남신문〉 신춘문예에 당선했지만, 문단의 언더그라운드를 자처하며 창작 활동을 하고 있다. 진주를 떠나 이곳에 터를 닦아온 지 3년, 어느 날 우연히 관포항 매력에 빠져 집터를 매입하고 지금의 '책 읽는 바다' 당호를 가지게 되면서부터 관포리의 주민이 되었다. "퇴직 후 거제살이/바람에 밥 말아먹고/구름 한 스푼에/먹바다로 간 맞추고/막된장 친구의 맛에/길들여져 살"(「된장」)고 있다. 그 집은 묵언하거나 하루 종일 바다를 읽고, 현실의 삶이 "한 장의 판화"처럼 풍경으로 찍히는 길옆의 집이다. 현관문을 들어서면 오랜 시간 함께 동거했던 적막이 그를 맞이하고, 제2막의 삶을 설계하면서 사는 집이다.

'책 읽는 바다'의 주인 인간 김종길 시인의 삶을 생각한다. 김종길을 주어라고 하고 거제시 관포항을 술어라고 했을 때, 관포항에서의 김종길의 존재와 관포항의 삶에 등장하는 무수한 시의 텍스트들을 시집 속에서 만난다. 그가

『책 읽는 바다』 시집에서 보여주는 텍스트는 관포항을 구성하고 존재하게끔 하는 바다다. 그리고 그 바다를 터전으로 살아가는 사람들, 날마다 바다를 읽어주는 파도와 바람과 갯바위와 해무, 계절마다 존재를 드러내는 꽃들과 나무, 아침노을과 저녁노을, 별빛과 달빛 등이다. 이러한 텍스트들은 김종길의 상상력 속에서 철학적인 사유를 통해 은유되어 시로 태어난다. 가족에 대한 사랑과 주변인들에 대한 애정, 관포항 이미지에 시인의 체험을 녹여내면서 생생한 언어로 재현해낸다. 김종길은 '책 읽는 바다' 이미지를 통해 김종길의 '존재와 삶(인생)'이라는 카테고리 안에 관포항의 이미지를 삽입하거나 추가시킨다. 그렇지만 거추장스럽거나 군더더기처럼 장식된 삶, 불필요한 수사 어구와 자신을 돋보이게 해주는 부연 설명을 극도로 자제한다.

그는 "책 한 권 겨드랑이에 끼고" 닭섬으로 가는 동안 수면 위로 자유롭게 튀어 오르는 물고기를 만나고, 먼바다에서 달려온 푸른 바람을 산벚꽃 아래에서 만나 커피 한 잔을 마시고, 어느 순간 졸음이 쏟아지면 쓰레기를 주워 담은 "마대자루를 베개로 삼아/갯바위에 기대어 눈을 감는" 이 순간을 즐기면서 "영원히 깨고 싶지 않은/꿈이"(「꿈」)기를 희망한다. "시 한 줄에 해초 냄새//시 한 줄에 파도 소리//시 한 줄에"(「독서」) 당신을 넣고 싶어 오늘도 관포리 바다가 읽어주는 수만 권의 자연 이야기에 귀를 기울인다. 어쩌면 얻고자 하는 삶의 답보다는 오히려 삶에 관한 질문이 더 많이 늘어났다는 걸 알게 될지도 모르는 일이다. 그렇지만 김종길의 시는 바다를 마주하면서 파도 소리에 귀를 쫑긋 세우고, 바람의 감정까지 오롯이 시에 담아내 독자와 공감하는 아침 바다의 언어로서 읽힌다. 그리고 그

흐름을 따라가다 보면 어느새 먹먹해지는, 말 없는 사람 좋은 웃음 속에 시인의 마음이 고스란히 녹아있는 시를 만난다.

김종길 시인은 바다를 매일 읽는다. 우리가 평생 읽을 수 있는 책의 권수가 천 권 아니면 만 권, 아무리 많은 책을 읽는다 하더라도 바다가 읽어주는 것만큼 책을 읽을 수 있을까. 시시각각 변화하는 바다처럼 많은 이야기를 가진 책이 있을까. 시인들이 그 이야기를 시로 옮긴다고 할지라도 우리가 읽는 책은 역사의 한 페이지도 장식하기 힘들다. 그렇기에 시인은 인간의 한계와 유한함을 날마다 인식하면서 더 겸손해지고 날마다 경이로워진 일상에 감사한다. 이제 그의 시를 만나러 가보자.

2.

김종길은 시를 전문적으로 읽는 독자가 아닌 순수 아마추어 독자들과 소통하고 싶다는 바람을 가진다. 그 첫 번째 독자는 자신이고, 다음이 아내와 취미 그룹, 은퇴 전 직장 후배들 그리고 개인과 소그룹 회원 등 20~30명가량의 순수 아마추어 독자들이라고 밝힌다. 그렇기에 시인의 가슴에서 돋아나는 시는 싱싱한 풋것이다. 풋것의 시어들은 항상 참신하기에 시가 지루하지 않다. 그가 체험하고 그대로 존재하는 사람 관계의 시이기 때문이다. 과거도, 미래도 아닌 오로지 현재 속에서 지금, 이 순간의 그 여여如如 속에 존재한다. 풋것이란 존재의 생동 그 자체이기에 독자들에게 파릇함으로, 잔잔한 은빛 물결로 닿아간다. 추상적인 시가 아니라 자아에 감응하는 존재이기에 상상이나 직감, 언어의 사용에서 자유롭다. 에두르는 법 없이 사물의

핵심으로 직진하면서 시 세계를 새롭게 만들기에 독자들의 마음을 붙들어 맨다.

정년퇴직 선물로
아버지를 벗고
남편을 벗고
자식을 벗고
나를 벗고
바람이 되었다

질기고 질긴 핏줄
쇠사슬처럼 단단하게 내려온
오래된 유물
무서운 눈길과
압력밥솥 같은
무게를 벗고
바람이 되었다

한 번쯤 받고 싶었던
일생의 선물
거리를 두고 바라보면
눈을 크게 뜨지 않아도 될
바람이 되었다

　　　　　　　　　　　　　　　　　－「선물」 전문

　해설이 불필요한 시다. "바람이 되었다"로 마무리되는 이 시에 대한 그 어떤 수식어도 필요치 않다. 바람은 문학

작품 속에서, 작가들에 의해 다양한 의미의 은유로 사용됐다. 바람은 눈으로 볼 수 없고 감각으로만 경험할 수 있기에, 시인에게 투영된 바람은 다양하게 변주되어 시인의 내면 풍경을 보여주는 소재로 기능한다. 시적 화자는 오랜 직장생활을 그만두면서 "아버지를 벗고/남편을 벗고/자식을 벗고", 결국에는 자신의 지고 있는 마음의 짐까지 벗어버렸다고 말한다. 가족을 책임져온 무게를 덜어낸 안도감, 이제는 그 어떤 것에도 얽매이지 않는 "바람이 되었다"라는 바람의 의미 속에는 자유를 상징하고 견인한다. 또 "질기고 질긴 핏줄/쇠사슬처럼 단단하게 내려온/오래된 유물"이 의미하듯, 한 가문의 종손으로서 집안 어른들의 "무서운 눈길과/압력밥솥 같은/무게를 벗고/바람이 되었다"라는 의미 속에 역사 지속성을 인식하면서 책임감 수용을 내포하고 있다. 그리고 마지막 연에서는 "한 번쯤 받고 싶었던/일생의 선물"이라는 담담한 진술을 통해 "거리를 두고 바라보면/눈을 크게 뜨지 않아도 될/바람이 되었다"라는 초월자의 시선을 읽어낼 수 있다.

이처럼 시 한 편을 읽는다는 건 그 시의 감정에 이입되어 그 시인의 삶과 함께 사는 것이다. 시의 어느 한 구절에 독자의 시선이 머물 때, 그 '머묾'은 시인의 마음과 하나가 되어 '잠시 산다'라는 말과 같은 의미가 숨어 있다. 현재를 살아가는 사람이 쓰는 시이니 그렇고, 현재를 살아가는 동안 읽는 시이니 그렇다. 아니 시에 담긴 시간을 함께 살아낸 것이기에 더욱 그렇다.

여기는 타향 바다 관포리 1-4번지
내 고향은 산마을 광계리 1004번지

그날도 무료한 바다는
책을 읽고 있었다

길들여진 나를 벗고
떠밀려온 바닷가
눈을 뜰 힘조차 없이
영혼이 떠다닐 때
당신의 그물에 걸려서
아픈 숨을 놓았다

처음부터 행복하려고
사랑한 건 아니었다
자유로운 지느러미가
행복하였음이 되었다

바다여
길 잃은 나를
읽어줘서 고맙다

―「책 읽는 바다」 전문

이 시에서 말하고 싶었던 것은 무엇일까? 그것은 삶의 길을 잃은 자신을 받아준 거제 바다에 대한 고마움이다. 퇴직 후 어디에도 속할 수 없었던 삶의 공허함, 사회의 틀에 길들여지면서 살아온 회의감 그리고 가족 안에서 고독함을 벗어나고자 찾은 관포항에서 새로운 삶의 의미를 찾는 것이다. "처음부터 행복하려고/사랑한 건 아니었"지만 "자유로운 지느러미가/행복하였음이 되었다"라는 시구에서 시인의 마음을 읽을 수 있다. 틀 안에 갇힌 김종길의 삶이 바다를 만남으로써 마음의 평온을 찾고, 시 쓰기를 통해 자신의 공허한 삶과 세상의 모든 외로움을 연결한다. 그리고 "바다여/길 잃은 나를/읽어줘서 고맙다"라는 철학적인 사유를 끌어내면서 매일 바다가 읽어주는 관포항의 이야기를 시로 승화시킨다.

독자들이 시를 읽고 공감하는 것은, 단순하게 시를 읽거나 음독하는 의미가 아니라 독자에게 울림을 주는 삶의 의미이다. 이 말은 시 속에 녹아나는 시인의 체험이 독자에게 고스란히 전해질 때 가능하다. 이처럼 우리는 한 시인의 시를 읽으면서 잠깐 그 시가 말하고자 하는 내용과 의미 그리고 시어와 그 텍스트가 생성되는 모든 배경 속에서 '잠시 머물다'가 빠져나온다. 바로 공감이다. 단순히 시를 읽는 행동이지만, 시인의 체험을 통한 간접적인 체험 행위에 불과하지만, 한 편의 좋은 시는 독자에게 '머묾'의 체험을 제공한다. 잡다한 현실의 시간에서 벗어나 잠깐 시의 시공간에 머물면서 치유를 받는 행위가 바로 시의 힘이다. 남에게 내보일 수 없는, 내면 깊숙한 곳에 큰 돌멩이처럼 눌러앉아 도저히 끄집어낼 수 없는 것, 하지만 시인은 그것을 과감하게 끄집어내어 독자에게 내보인다. 이처럼 김종길은 거제 관포항의 바다와 관련한 텍스트를 읽어나가면서 '머묾', 즉 '잠시 산다'라는 의미가 아니라 천천히 스며들면서 관포리 주민이 되어간다. 시집 속 시편을 읽다 보면 시인의 경험과 체험을 통해 그 작품 속에 머물게 된다.

3.

시인은 바다의 시를 쓸 때 파도 소리로 울부짖고, 사람의 시를 쓸 때는 어떤 사람의 속마음까지 읽어내기 위해 DNA 서열까지 분석한다. 그리하여 짧은 시구로 감동을 줄 수 있는 은유, 한 줄의 명쾌한 직관, 명징한 이미지와 상상력의 감각을 끌어낸다. 잘 읽히는 시는 새벽 바다를 물들이는 노을처럼 감동적으로 독자 마음에 스며들면서 어느 한순간 바다에 침잠하는 장엄함을 독자에게 전해준다. 일부 독자들은 시인이 만들어낸 이 감동이 쉽게 얻어지는 그것으로 생각할 수도 있으나 시인이 그 감동을 얻기까지의 과정은 지난하다. 그 지난함은 관포항 날것의 사물들을 눈에 담았다가 오랫동안 가슴에 묻어둔 뒤 시로 승화시켜 독자들의 마음에 이입되게 한다. 그러므로 시인이란 한 줄의 시구를 얻기 위해 온갖 수난 속에서도 삶의 아름다움을 믿고 견디는 사람들과 생명의 의미를 찾아 나가는 사람이다.

먼바다 동쪽 끝에서 태양이 솟고
귓불이 빨개진 닭섬이
수평선을 잡아당겼다가 놓으면
물 위에는 바람이 일고 소리가 깨어나고
물 밑에는 핏톨이 돌아
힘차게 지느러미를 세운다
붉은 여운이 스러지고
물결에 미끄러진 햇살이
방파제를 넘어 쑥바위 언덕에 다다르면
세수를 채 끝내지 않은 고깃배 하나가
배고픈 아기처럼 젖가슴을 파고들 듯
깃발을 파닥이며 포구로 들어온다

젊은 날 한없이 바다를 달려나갔다가
너무 깊은 해원을 만나고
덜컥 겁이 나서 되돌아올 때에도
바다는 내 삶이 있는 곳까지 운반하여 왔다
세상은 달리는 만큼 넓어지지만
포구는 그 만큼 멀어진다
마을을 지키고 선 오래된 포구나무는
굴곡진 가지만큼이나 전설을 매달고서
해맑은 웃음들을 둘러앉히고
해풍에 쓸려간 이야기를 가물가물 풀어내고 있다
웃음소리들도 따라서 까마득한 기억을 더듬다가
저도 모르게 마른 눈물을 훔치고 일어나서
하나 둘 유모차를 앞세우고 집으로 돌아간다

어느새 바다도 눈시울이 붉어져서
읽던 책을 덮고 가로등에 불을 밝힌다
달빛은 포구에 가득 차고
물고기는 뛰어올라 은빛 배를 번득인다
달빛이 너무 밝으면 별들이 주눅들고
빛은 항상 어둠을 품고 산다는 것을
저 닭섬은 알고 있다
꿈은 또 닭섬 너머로 날아오르고
저 멀리 집어등 한 척 밤을 새워 시를 쓴다

—「관포항」전문

　　김종길은 관포항에 해가 떠오르면 "귓불이 빨개진 닭섬
이/수평선을 잡아당겼다가 놓으면/물 위에는 바람이 일고 소리가 깨어나고/물 밑에는 핏톨이 돌아/힘차게 지느러미를 세"우고, "물결에 미끄러진 햇살이/방파제를 넘어 쑥바위 언덕에 다다르면" "고깃배 하나가" 깃발을 펄럭이며 포구에 들어오는 고깃배를 바라보면서 과거로의 삶에 이입된다. 그 이입된 감정은 "달빛이 너무 밝으면 별들이 주눅 들고/빛은 항상 어둠을 품고 산다는 것을" 알게 되는 그 인생행로에 "집어등 한 척 밤을 새워 시를 쓴다". 시인은 인생의 길 위에 있는 우리에게 확실한 삶이란 건 아무것도 없으며, 이해 못 할 것도 없다는 메시지를 건넨다. 그리고 우리가 마지막까지 지녀야 할 삶의 덕목인 '인간에 대한 연민'을 관포항 이미지를 통해 우리에게 전달한다. 「겨울 관포항」에서는 물질하는 해녀가 재고 있는 겨울의 깊이를 통해 우리 삶의 내면 깊이를 재고, "아무도 보아주지 않아도/그늘진 바위틈에 뿌리를 박고/숨을 고르"는 「개복숭」을 통해 관포항 사람들의 지난한 삶을, 「쑥바위 언덕」에서는 자리를 옮아앉지 않는 바위처럼 내 안에 굳건한 뿌리를 내리는 일이라는 것을, "아침에 닭섬을 산책하다가/아카시아 꽃나무 아래서/시를 읽는" 「사치스런 아침」을 맞고, "한적한 바닷가에 점 하나 찍힌 마을/바다를 캐고/바다를 뜯고/바다를 끌고 오는 관포항 사람들/자고 나면 포근한 파도소리가" 매일 "시를 읽어주는"(「오미희 같은」) 즐거움을 느끼고, 「태풍이 지나간 아침」 뒤에 오는 "찬란한 아침"은 매일 오는 것은 아니라는 웅숭깊은 의미를 전달한다. 그리고 "바위에/앉아" 「바람의 맛」을 느끼고, "사랑하다가 화석이" 된 "갯바위에 앉아서/파도를 세"다가 "봄바다에 몸을 맡기고/하루 종일 바다에/읽"(「화석이 된 사랑」)한다는 시인의 시안을 읽을 수 있다. 아니 "갯바위에 핀 찔레꽃이

나 고향 찔레꽃이 다르지 않다는(「섬 찔레꽃 2」) 평범한 진리를 얻기도 한다. 그리고 경매사에 의해 물고기들의 몸값이 결정되는 경매 과정을 지켜보면서 "내 생의 값은 얼마인가"(「위판장에서 생긴 일」)라고 자문하면서, 우리는 지금 물고기들처럼 세상을 헤엄치면서 자신의 몸값을 높이기 위해 "여기에 서 있는 거라고" 말한다.

김종길 시인의 관포항은 과거에 살지 않는다. 현재 시인이 마음의 눈으로 보는 현실이다. 내적 경험에서 생성된 기억이 시간과 공간을 초월해 미화되거나 부분으로나 전체로나 잊히면서 철학적 혹은 성찰의 시간으로 나가기 위한 탈출구가 된다.

4.

바닷가에는 모난 돌이 없다
서로 부대끼고 부대껴서
모두 몽글몽글하게 되었다
몽돌은 상처난 곳이 없다
처음부터 상처가 없었던 것은 아니다
구르고 굴러서 상처가 아물고
파도가 어루만졌다
이제는 부대껴도 상처가 생기지 않는다

모난 돌은 소리를 낼 수는 있지만
음악이 되지는 못한다
사람의 소리도
어떤 때는 말이 되고

어떤 때는 소리가 되고

어떤 때는 욕이 된다

몽돌은 부대낄수록

음악 소리를 낸다

-「몽돌」 전문

이 시에는 화자가 우리에게 전하고 싶은 메시지가 있다. 그것은 자연 속에 숨겨져 있어 드러나지 않았던, 김종길이 관포리 주민이 되면서부터 예견해 왔던 직관적인 황홀경이다. 체험으로부터 비롯된 이 황홀경은 아름다운 선율과 좋은 화음, 율동적인 흐름을 독자에게 전달한다. 그렇게 한순간에서 다음 순간으로 녹아들면서 리듬에 따라 독자의 가슴에 젖어 든다. 김종길은 바닷가 모난 돌처럼 날카로운 상처를 숨기지 말고 세상에 당당하게 내보이라고 한다. 그 상처가 "서로 부대끼고 부대껴서" 몽글몽글한 몽돌이 되듯이, "구르고 굴러서 상처가 아물고" "파도가 어루만"져서 "부대껴도 상처가 생기지 않"고, "모난 돌은 소리를 낼 수는 있지만/음악이 되지 못한다"면서 "사람의 소리도/어떤 때는 말이 되고/어떤 때는 소리가 되고/어떤 때는 욕이 된다"는 체험의 사유를 전개한다. 그러면서 몽돌이 서로 부딪혀 아름다운 화음의 소리를 내듯 사람 또한 사람과의 관계에서 생기는 상처를 통해 성장하고, 아름다운 화음의 목소리는 이타심에서 비롯된다는 철학을 공유한다.

'이타심'이란 타인 안으로 들어가 내면과 만나고 영혼을 훤히 들여다보는 일이 아니다. 타인의 몸 바깥에 선 자신의 무지를 겸손하게 인정하고, 그 차이를 통렬하게 실감해나가는 과정이라는 사실을 시인은 관포리의 주민이 되어가면서 깨닫는다. 그렇게 조금씩 '바깥의 폭'을 좁혀가며 '밖'을 '옆'으로 만들어 가는 과정의 시간을 걷고 있다. 시인이 퇴직 후의 삶을 "시간을 잡아먹고 사는/한 마리 거대한 벌레다." 그리고 "청소를 잡아먹고/독서를 잡아먹고 … 산책을 잡아먹고/때로는 친구를 잡아 먹"(「시간 벌레」)는 현재의 삶이지만, 이 중에 제일 맛있는 것은 여행을 잡아먹는 것으로 "가끔씩 바다가 심심해질까 봐 … 진짜 시간을 잡아먹는다"라면서 시간이 화살처럼 빠르다는 것을 은유적으로 표현하고 있다. 이처럼 김종길이 시로 표현해 낸 관포항 이미지에 대한 이해가, 경청이, 공감이 아슬아슬한 독자와의 기울기를 풀어야 하는 일은 그가 할 일이지만, 여기에서 「길」이라는 시가 주는 메시지를 경청할 필요가 있다.

"살다가 막히면 길을 걸어라//길을 잃었을 때에도//주저없이 길을 걸어라//걷다가 보면 어느새//새 길을 걷고 있다" —「길」 전문

5.

시를 창작하는 시인마다 다르겠지만, 시는 개인의 서정에 밀착된 장르이기에 고도의 체험과 행복과 추구라는 주제를 더 직정적直情的이거나 혹은 더 내밀한 방법으로 드러낸다. 김종길은 이 시집을 통해 관포항의 삶과 철학을, 시를 통한 아마추어 독자와의 소통을 위해 바다가 읽어주는 관포항 이야기를 세상 밖으로 끄집어내어 시 속에 녹여낸다. "인생은 한 길 뿐/되돌아갈 수 없는 여정"으로 "고장이 나고 부서지"라면 "A/S도 없고/반품도 없고/설명서도 없다"라면서 "여러 갈래의 길을 맞닥뜨리면 "어느 한 길을

선택했고/앞으로 남은 길도/무수한 선택을 반복하면서/
살아"(「인생사용 설명서」)가는 게 인생이라고 말한다. 요
즘 시대가 얄팍한 명성과 인기에 급급해 웅숭깊지 못하고,
노을을 품지 못하는 바다처럼, 얄팍한 잠수만으로는 바다
밑을 다 보았다고 말하는 세상 사람들에게, 태양 빛이 깊
은 바다 밑까지 내려가는 중의 어둠에 삼켜질지라도 꿈꾸
는 곳에 이르렀을 때 볼 수 있고 만날 수 있다는 긍정적인
인생관이 필요하다고 역설한다. 세상에는 그 어떤 일도 쉬
운 일이 없고. 내 뜻대로 이루어지는 일은 단 하나도 없다.
그런데도 호모 사피엔스 김종길 시인은 묵묵히 자기의 길
을 갈 것이다. 아침노을의 장엄함을, 저녁노을의 비장함을
그리고 별빛과 달빛이 관포항에 스며들 때 그 또한 그렇게
스며들리라. 그리하여 마침내 관포리의 주민이 될 것이고,
관포항 바다를 우리에게 읽어주는 시인이 되어가리라. 끝
으로 「황포 노을길」 시로 마무리한다.

사랑하고도 남을 바다에
하늘이 내려앉습니다

사랑하고도 남을 수평선에
노을이 붓질을 합니다

사랑하고도 남을 가슴에
바람이 비질을 하고 갑니다

바다로 간 언더그라운드 시인

정임선_아마추어 독자

시인은 은퇴 선물로 아버지를 벗고, 남편을 벗고, 자식을 벗고, 나를 벗고 한적한 바닷가에서 작은 집을 짓고 바람이 되었다.

은퇴하기 전에는 세상을 읽는 데만 열중하다가 은퇴 후에는 바다와 바람에 몸을 맡긴 채 읽히고 읽혀서 파도가 자갈을 굴리 듯 무리없는 삶을 추구하는 것으로 느껴진다.

그러나 '대중 속의 고독'을 노래하는 걸로 봐서 세상과의 끈을 완전히 놓고 있지는 않는 듯하다.